내 마음엔 잔잔한
기쁨의 강물이 흐릅니다

이 도서의 국립중앙도서관 출판예정도서목록(CIP)은 서지정보유통지원
시스템 홈페이지(http://seoji.nl.go.kr)와 국가자료종합목록 구축시스템
(http://kolis-net.nl.go.kr)에서 이용하실 수 있습니다.
(CIP제어번호 : CIP2020035810)

| 표지화 |

백 형 걸

· 현 화순고등학교 재직
· 대한민국현대미술대상전 특선 및 현대미술상
· 대한민국전통미술대전 특선 및 수상
· 한국수채화공모전 특선 및 수상
· 각종 공모전, 협회전 참여

내 마음엔 잔잔한
기쁨의 강물이 흐릅니다 - 정종석 제2시집

초판 1쇄 찍은 날 | 2020년 9월 07일
초판 1쇄 펴낸 날 | 2020년 9월 11일

지은이 | 정 종 석
펴낸이 | 최 봉 석
디자인 | 정 일 기
펴낸곳 | 동산문학사
출판 등록 | 제611-82-66472호
주　소 | 광주광역시 남구 대남대로 340, 4층(월산동)
전　화 | (062)233-0803
팩　스 | (062)233-0806
이메일 | dsmunhak@daum.net

값 10,000원
ISBN 979-11-88958-27-6 03810

내 마음엔 잔잔한
기쁨의 강물이 흐릅니다

정종석 제2시집

동산문학사

　영화 「죽은 시인의 사회」에서 키팅 선생은 "의술, 법률, 사업, 기술이 모두 고귀한 일이고 생을 유지하는데 필요한 것이지만 시, 아름다움, 낭만, 사랑 이런 것들이야말로 우리가 살아가는 목적이다."라고 말한다.

　그렇다! 시는 삶의 목적이라고 아니할 수 없다. 아름다움은 또한 사랑과 함께 삶의 목적이라 아니할 수 없다.

　부끄럽지만 새색시 속살 드러내듯 두 번째 시집의 시들을 내놓는다.

　어쩌면 시를 쓴다는 것은 사람들의 마음의 정원에 아름다운 꽃을 피우는 일인지도 모른다. 또한 시를 읽는다는 것은 스스로 향기로운 사람이 되고자 하는 마음인지도 모른다.

　많은 이들이 시를 쓰고 읽고 사람들의 마음의 정원에 아름다운 꽃을 피운다면, 이 세상은 얼마나 아름답고 향기롭겠는가!

일상의 삶이 시가 되고, 시가 삶이 되는 그런 삶을 살고 싶고, 그런 시를 꿈꾸며 산다.

끝으로, 바쁜 와중에도 화순고등학교 미술과 백형걸 선생님이 흔쾌히 표지화를 그려주어 고맙기 그지없다.

이 밤도 사람들의 흔들리는 마음을 잡아주는 이목구비가 반듯한 좋은 시를 쓰기 위해 시 한 편 보듬고 몸부림치며 지새워야겠다.

"알렐루야, 알렐루야."

인간에게는 공유共有의 본능이 있다고 한다. 그 울림을 공유하고 싶다.

2020. 8. 금호동
정 종 석

| 차 례 |

제3부 삶의 지혜, 더불어 사는 삶

제4부 생태, 생명, 공존의 지혜

제5부 그리움, 사랑의 아름다움

제6부 삶의 작은 발견, 큰 기쁨, 행복

제7부 우리의 꿈, 희망, 교육

큰 생명, 세계의 중심

공(Ball)이 되어

자나 깨나
당신 사랑 안에서
고만고만하게 살고 싶은
이 마음을 누구에게 건네주리이까
주여,

비록
쓰레기처럼 썩은 자(者)들 속에서
채이고 넘어지며
뒤척이다가 되돌아서는 목숨이지만
누군가
오른뺨을 때리면
왼뺨도 돌려대야 하는 생애임을
기억하게 하소서
주여,

시시로
당신 마음의 창에 뛰어들다
가슴이 찢기고
배를 맞아 뒹구는 일상이지만
당신을 따돌리면

메마른 땅
옴짝달싹 못 하는 자아임을
깨닫게 하소서
주여.

구원救援

하느님 아버지께서 목숨
바쳐 사람들을 사랑한

당신의 그 크신
무조건적인 큰 사랑을

이젠 우리들이
당신의 자녀들이 되어

굳건하게 믿고, 사는 행복임을
내 이제야 알았습니다.

나의 섬살이 2

은혜의 감옥살이가 아니면 그 무엇이랴!
무서운 익숙함으로 인해
살 부딪치고 살 땐 모르다가
주말 부부가 돼서야
서로의 소중함을 깨닫고
서로를 향한 그리움이
애틋한 부부애로 키워 준
은혜의 감옥살이가 아니면 그 무엇이랴!

고3, 고1 피붙이들의 아빠역에
3남 3녀 6남매 맏며느리역에
지아빌 잃은 충격에 치매 앓던
시어머닐 언니라 부르며 살아내던
1인 3역의 나의 반쪽!
자기 헌신의 참사랑을 일깨워준
은총의 감옥살이가 아니면 그 무엇이랴!

반려의 도타운 사랑에 그 큰 감옥의
공교육시설에서 내 정신의 자녀들에게
열정으로 소명의식을 불태워
해마다 여기저기에 널려있던 표창장들도 줍고

내 실력의 키도 키워가며
승진이라는 귀한 성공의
열맬 따는데 그 밑거름이 된
은혜의 감옥살이가 아니면 그 무엇이랴!

비록 연상聯想의 감옥살이였으나
일과 후엔 감방 동료들과 여지없이
스트레스 날리는 테니스를 즐겼다.
당시의 즐테는 평생 건강 위한
제방공사의 기초공사가 아니었겠는가!
은혜의 감옥살이가 아니면 그 무엇이랴!

당신으로 인하여

당신을 만나기 이전엔
진실로 내가 누구인지도 미처 모르고 살았습니다만
당신으로 인하여
내가 세상에서 가장 존귀尊貴한 존재임을
이제야 알았습니다.

당신을 만나기 이전엔
진실로 내가 기적이 뭔지도 미처 모르고 살았습니
다만
당신으로 인하여
기적은 하늘을 날거나 바다 위를 걷는 것이 아닌
내가 땅에서 걷는 것임을
이제야 알았습니다.

당신을 만나기 이전엔
진실로 내가 어떻게 살아야 할 줄도 미처 모르고
살았습니다만
당신으로 인하여
매 순간이 은혜의 삶이요,
매 순간이 감사의 삶임을
이제야 알았습니다.

당신을 만나기 이전엔
진실로 내가 행복이 뭔지도 미처 모르고 살았습니다만
당신으로 인하여
내가 살아 숨 쉼이 행복이요,
내 마음 속에 놀라운 평안平安이 행복임을
이제야 알았습니다.

당신은

삶의
주인이신 당신은
태초에
우주 만물과 우리를 만드시고
그 마음 안에
머무르시고 일하시는

당신은
큰 생명이시고
큰 사랑이시고
세계의 중심이십니다.

또한
당신은
내 삶과
내 세상의 중심이십니다.

비록
내 인생의 시계가
언제 어디서 어떻게
멈출지 모르지만

단 한 번 멈출 때까지

죽음도
살리시는 당신의 생명으로
고통도 부활의 기쁨을 위한
우리들의 여정임을 알게 하시고

당신의
위대한 영광을 드러내는
작은 사랑의 도구가 되도록
특은을 베풀어 주시고
당신의 자녀로서 이 사회의
빛과 소금으로서의 삶을 살 수 있도록
늘 함께하여 주시고
이끌어 주소서!

삶의
주인이신 당신은
오늘도
우리들의 모든 생각의 바다와
우리들의 모든 언어의 바다와

우리들의 모든 생활의 바다에서
우리들을 풍랑과 믿음의 여정으로
이끄시고

또한
끝없는 자비로
어김없이 생명의 길로 이끄시는
큰 생명이십니다!

또 하나의 연

나도 또한
또 하나의 연

오오,
저 눈부신 신약新約의 태양 아래
금실 같은 목숨 줄 하나로
살찬 땅을 떠돌며
하늘 바람 마시는,

하나,
그 연은
숙명처럼, 지상에만 머물러
아직도 세정世情의 실마리를 놓지 못하는
안타까운 창작연

보아도 보지 못하는 눈을 하고
들어도 듣지 못하는 귀를 하고
스스로 날지 못하는 나래를 하고

그저,
칼바람 속에 살아 주문 외우듯

입으로만 혼 울림만 되풀이하는

나는
연의 살과 골격으로 빚어진
예수 그리스도가
무시로 해골산의 언덕배기에서
고독한 당신으로 이름으로 띄우시는
또 하나의 사랑연

하여,
저 눈부신 신약의 태양 아래
금실 같은 목숨줄 하나로
당신 발끝 좇아
죽음의 언덕 너머 날면
날 이끌어 올려세우실 날도 멀지 않으리
거친 땅 칼바람 속
지상연, 나의 이름이여.

부활절 아침의 기도

누군가의
힘든 노동을 먹고 마시며 살면서도
늘 그 고마움을 잊고 사는
삶인 데도

우리를 지극히 사랑하시어
원죄도 없으신 당신께서
우리가 지은 죄와
우리가 모르는 죄까지도 씻어 주시기 위해

온갖 모멸과 조롱과
채찍질로 고꾸라지시고
가슴 아린 십자가에 못 박혀 피 흘려 죽으시고
예언대로 부활하시어

죽음도
살리시는 당신의 생명으로
생명의 문을 활짝 여신
당신으로 하여

세상은

다시 한번 생명의 향기가 가득한
4월의 가슴 뛰는
희망찬 아침을 맞습니다!

하나
부활절인 오늘도
십자가와 부활 사이에
갈망과 모순으로
흔들리는 우리들로 하여금
이 세상 그 누구도
십자가를 벗어날 수 없음을 알게 하시고

또한
십자가 없는 부활은 없음을 알게 하시어
자기를 버리고
기꺼이 자신의 십자가를 지고
당신을 따르게 하소서!

아울러
서로 사랑하는 우리들로 하여금
그 사랑의 길이 생명의 길임을 믿고

그 사랑의 길이 구원의 길임을 믿고
하루하루가 마지막 날인 것처럼
아낌없는 나눔과 감사의
행복한 부활의 삶을 살게 하여 주소서!

성체조배 聖體朝拜

소금이 물을 만나
물의 소금이 되듯
물이 소금을 만나
소금의 물이 되듯

장님이 빛을 만나
빛의 장님이 되듯
빛이 장님을 만나
장님의 빛이 되듯

제자가 스승을 만나
스승의 제자가 되듯
스승이 제자를 만나
제자의 스승이 되듯

십이원가十二願歌

- 다니엘의 행복을 구하는 기도 -

하루에 열두 번 감사의 씨 뿌리며 살게 하소서

하루에 열두 번 구멍투성이로 살게 하소서

하루에 열두 번 반딧불처럼 행동하며 살게 하소서

하루에 열두 번 단순하게 살게 하소서

하루에 열두 번 마음의 부자로 살게 하소서

하루에 열두 번 비교의 덫에서 벗어나 살게 하소서

하루에 열두 번 쉽게 손 놓지 않으며 살게 하소서

하루에 열두 번 영육靈肉이 걸음 맞춰 살게 하소서

하루에 열두 번 일은 축복임을 알고 살게 하소서

하루에 열두 번 내 내면의 소리대로 살게 하소서

하루에 열두 번 좋지 않은 일도 좋은 면이 있음을
알고 살게 하소서

하루에 열두 번 태양을 보고 달리며 살게 하소서

하루에 열두 번, 하루에 열두 번 아아, 인생의 희비
극이 모두 내 손에 달려 있음을 알고 이런 재미로
살게 해 주십시오. 사랑의 주님!

제 2부

가족, 이웃, 삶

가족

맑은 공기와 물처럼
그저 늘 함께 있어
무서운 익숙함으로 인해
그 소중함을 모르고

마땅히 아끼고 아꼈어야 할
내 마음의 피난처를
그 무서운 익숙함으로 인해
함부로 내뱉은 말로
마음에 큰 상처를 주었던
가장 소중한 존재들

비록 부끄러운 가장의 민낯일지라도
그대로를 비춰주는 또 하나의 거울들 앞에서
내 절로 터진 입이라고 말하리라.

그래도 속 깊은 보호자로 살아줘 고맙소!
그래도 기쁨의 꽃 피게 해 줘 고맙소!
그래도 감사의 꽃 피게 해 줘 고맙소!

나의 섬살이 1

세상살이 감옥살이가 아니면 그 무엇이랴!
100% 자의에 의한 수감생활이나
주말마다 가석방의 특혜가 주어지는 특별한
감옥살이 섬살이가 아니면 그 무엇이랴!

창살 없는 감옥에 갇혔다는 압박감에
변비로 두 시간씩 싸우고
새벽잠 속 섬뜩한 촉감에 깨어나
"으아악! 으아악!" 악쓰던 독지네와의 싸움!
그 이질감이 주는 공포감!
세상살이 감옥살이가 아니면 그 무엇이랴!

태풍이 상륙하는 주말에는
뭍으로 나가는 배가 통제되어
사선私船 타고 사선死線을 넘나들며
칠흑 바다 기관 고장으로 표류하다
새벽녘에야 도착했던 악몽 같은
감옥살이 섬살이가 아니면 그 무엇이랴!

주말이면 미사참례로 뱃시간에 쫓기고
점심 후 가족과 배웅엔 눈물바다 이루니

100% 자의의 옥살이 섬살이에 대한
회의감이 아니면 그 무엇이랴!
세상살이 감옥살이가 아니면 그 무엇이랴!

나의 아내 2

당신은 내게 돛이고 닻이며 덫입니다.

당신은 내게 돛입니다
불확실한 구름 속에서도
꿈꾸고 도전하며 내달리는 내게
당신은 내 마음의 깃발이 되어
인생 항해의 목적지를 향해 순항하도록
늘 힘과 격려와 용기를 불어넣어 주기 때문
입니다.

당신은 내게 닻입니다.
먹구름 일고 번개 치며 비바람이 세찬
파고 속에서도 이를 두려워하지 않고
고비 때마다 앞장서서 자신을 내던짐으로써
해결하고 그 고비를 넘기며
늘 무사히 항해하도록 도와주기 때문입니다.

당신은 내게 덫입니다.
좌초하거나 침몰하지 않고
힘내어 전진해야 할 인생 항해에서도
당신은 내게 사랑의 덫이 되어 이 세상
그 누구도 사랑 없인 열매 맺을 수 없다며
늘 즐길만한 사랑의 고통으로 꽉 붙들어 매어주기
때문입니다.

내 딸에게

세상이
거꾸로 되어 부富가 목적이 된
오늘의 혼魂 없는 물질 세계

자기를
부수는 열정과
지치지 않는 사랑으로

인술仁術의
꽃을 활짝 피운

너로
하여

세상은
다시 한 번
눈부신 광명의 아침을 맞이하리라.

바다

소유의 뜨거운 비바람 속
누가 뭐라 해도
값나가는 말씀을 좇는
값나가는 말씀을 좇는

나의 여인아
나의 여인아

거친 세파 속에서도
어쩌다
다 주지 못한 사랑에
주문 외며 달아나다 되돌아오는*

나의 여인아
나의 여인아

사랑이 파도처럼 흩어져 날리는 세태에도
자제와 분별과 순명으로
절대를 향하여
온몸으로 기도하는

---

* 「주문 외며~되돌아오는」 이해인의 『어린 벗에게』에서

나의 여인아
나의 여인아

지나가던
구름이야 웃건 말건
낮은 곳에서도
무릎 꿇지 않고
자신의 흉허물일랑 의지로 밀치면서
하얀 웃음 건네며
오늘을 사는

나의 여인아
나의 여인아

나는
네 안간힘의 몸부림을 사랑한단다.
네 안간힘의 몸부림을 사랑한단다.

나의 여인아
나의 여인아.

아들의 생일을 축하하며

늘
자랑스러운 내 아들!
거짓말 같은
너의 33번째 귀빠진 날을 먼저
온 마음으로 축하한다.

늘
이목구비가 반듯한 시의 아들을 주시라고
간절히 끈기 있게 기도드렸더니
너를 주시어 응답해 주셨고
내 정신의 아들로
시詩를 주시었다.

늘
내가 사랑하는 아들!
너를 선물 받은 후
아빠 인생은 거짓말처럼
순풍에 돛 단 듯이 순조롭게 잘 풀려
기쁨과 감사의 행복한
나날이었다.

늘
주는 것보다 바쁘게 받는 것을
더 좇는 세상에
내게 새로운 희망을 주는 아들로
태어나 주어 고맙고
뒤틀리지 않는 꿈나무로 자라나
아빠의 대를 이어
웅숭깊은 교단에 서 준 것도
또한 감사하게 생각한다.

늘
언제 어디서나
긍정적인 마인드를 지니고
위대한 대한민국의 미래가 바로
우리들의 손에 달렸다는 소명의식과
겨레의 스승이라는 자존감과
하느님께 늘 감사하는 마음으로
행복한 삶을 살아내길 바란다.

음식 만들기

말 많은 입들은 어찌하여 아내가 만든 음식 맛을
하나 같이 손맛이라고 치부하는가? 아니다. 그것은
가족을 사랑하는 아내만의 기도와 정성과 배려가
함께 버무려지고 무쳐진 가족 사랑법이다. 아니다.
그것은 아내라는 이름으로 태어나기 이전부터 가족을
사랑하는 아내만의 영감과 체험과 상상력이 빚어
낸 또 하나의 예술품이었으리라.

인생 39

우리네
인생은
어디에서 무엇을 하든
매일 매일
우리가 하는 일이
비록 사소하고 보잘 것 없어 보이나

마치
사소한 붓놀림
하나하나가
모여 다채로운 색상과
질감이 숨 쉬는
살아 있는 캔버스*를 만들 듯이

우리네
인생은
알알이 소중한
소소한 순간들이라는
보배 같은 진주를
실로 꿰어
최고의 걸작품으로 완성한
또 하나의 빛나는 목걸이가 아니겠는가!

_____

* 유화를 그릴 때 쓰는 천

작은 처형

천사의 옷은 바느질 흔적이 없다는데
이 지상의 날개 없는 살아 있는 천사
우리 작은 처형 옷도 그러하리라.

비바람 속에서도 감내하고 춤추며
오직 나뿐인 세상에
늘 순결한 기쁨 길어내어
오순도순 서로 나눔의 지혜를 지닌

마치 부드러운 물이 사나운 불을 잠재우듯이
모든 것을 포용하는 넉넉한 마음으로
더러는 촛불처럼, 더러는 소금처럼
빛나는 언행으로 주위를 밝혀 주기 때문이리라.

처제에게

엊그제 집으로 보내온 게 분명
혜정 처제가 담근 열무김치 맞지요?
한데 어쩌면 솜씨가 그럴 수가 있나요?

사전 허락도 없이
자기 마음대로 그것도 한꺼번에
내 시각과 후각과 미각을 훔쳐갈 만큼

보기만 해도 군침 도는 그 고운 때깔에
침샘 자극하는 그 냄새에
맛깔스럽게 당기는 그 맛에

나는 밥도둑이 되고
나의 영혼까지 이탈되어
둘이 먹다가 하나가 죽어도 모를 만큼
어쩌면 그렇게도 손맛이 죽여줘요?

대낮에 처제에게 두 눈 번히 뜨고
도둑맞아버린 내 세 감각은 차치하고
언제쯤이나 죽여주는 그 손맛, 그 예술품
또 다시 감상할 수 있을까요?

친구

내겐
일찍이 키다리아저씨처럼
모든 것을 베풀고만 사는
나무 같은 친구가
있었습니다.

그러나
바람 부는 어느 날
그 키다리아저씨 같은
그 친구가 말없이 내 곁을
떠나버렸습니다.

이제
내가 그 친구가 되어
키다리아저씨처럼
그 누군가에게
모든 것을 베풀고만 사는 나무처럼 살았으면
좋겠습니다.

행복한 부부로 살았으면 좋겠습니다

- 자녀 결혼 축시 -

밤하늘의 별들처럼 많은 인연들 중에서
우연과 우연이 자주 만나 필연이 되고
운명이 되고 이제 하나가 되어
이처럼 소중한 가족으로 맺어져
행복한 부부로 살았으면 좋겠습니다.

일평생 한결같은 얼굴 맞대고 살아도
결코 질리지 않는,
참사랑은 자기 헌신에서 오는 것이라는
철학 하나로,
고귀한 사랑의 관계를 만들어 가는
행복한 부부로 살았으면 좋겠습니다.

우리의 삼시세끼 식탁에서도
찬은 숟가락만으로는 먹을 수 없고
국은 젓가락만으로는 먹을 수 없듯이

부부의 인생식탁에서도
상대의 강점은 서로 인정해 주고
상대의 약점은 사랑으로 채워주는
나는 부부인생식탁의 당신의 행복한 숟가락이 되고

당신은 부부인생식탁의 나의 행복한 젓가락이 되어

이 세상 끝날까지
늘 나란히 한 방향을 바라보며
밤하늘의 별을 보듯 서로 우러러보고
서로 신뢰하며
서로가 내 존재의 기쁨이 되고

늘 내 곁에
당신이 있어 감사할 줄 아는
진정으로 서로 사랑하는 지아비 지어미 되어
풍성한 사랑의 열맬 수확하는
행복한 부부로 살았으면 좋겠습니다.

제3부

삶의 지혜, 더불어 사는 삶

결혼 생활 1

내 생애
단 하나밖에 없는

가장 값진
빛나는 선택일진대

행복한 절망인 것인가
달콤한 속박인 것인가

아름다운 오해인 것인가
참담한 이해인 것인가

아니면 이도 저도
아닌 것인가

자못
궁금타!

고통에서 벗어나는 길

고통은
인생이라는 집에서
살다 보면

더러는
가난의 옷차림을 하고
더러는
질병의 옷차림을 하고

누구에게나
한 번쯤 찾아오는
결코
반갑지 않은 손님.

하나
그로부터 벗어나는 길은

자신의 밝은 미래를 위해
인생의 한 부분이며
인생의 한 모퉁이인
지금의 고통을 감내하고

고통도
행복으로 가는
여행 과정이니

아무리 힘이 들더라도
최악으로 가는 길이 아닌
희망으로 가는 길에
두 발로 들어서면 되나니

그 한 발이
절대 긍정의 말이요,
나머지 한 발이
매사에 감사하는 삶이리라.

공감 2

시방 죽어가는 나를 살리는
심리적 심폐소생술을 하려거든

기계적인 감정 노동하지 말고
지금 내 감정의 주소를 물으시라.

그간에 당신의 옳은 말씀에
죽어나간 목숨들이 얼마나 많았던가!

정말이지 나를 아는 척하여
평가하거나 조언하지 말고

토 달지 말고 가르치려들지 말고
당장 이 생지옥 벗어날 주문을 외우시라.

"아, 그랬구나!"
"아, 그랬구나!"

너그러운 마음

태산은
한 줌의 흙을 거절하지 않고
받아들여
더욱 높아가고

강은
시냇물을
고르지 않음으로
더욱 깊고 넓어진다.

하나
만약 우리들이 태산과 강처럼
다른 이를 감싸주고
보듬어 주는 마음이 없고

모든
만물이
한쪽으로 기우는 생각으로
자신들의 이익만을 좇는다면
이 세상은 얼마나 답답하고
숨 막히는 생지옥살이가 되겠는가!

돌이 되어

그저
아무짝에도 쓸모없는
짐만 되는
돌이라고

재활용도 못하는
쓰레기라고

내 집에서조차
눈총받으며
조롱당하며
살 바에는

내
차라리
시계제로의 건설현장에서
흙먼지 흠뻑 뒤집어쓰고
사는 돌 같은
삶이

내겐
훨씬 더 의미 있고 가치 있는
삶이 되겠습니다.

스트레스

- 1 -
우리들의
눈에 보이지도
손에 잡히지도 않는
그놈들은

언제
어디서든 나타나
우리들을 억누르고 있다.

우리들은
누구나 실수하기도 하고
누구나 실패하기도 하는
존재들이지만

이를 인정하지 않고
한 점의 오점도 남기지 않는
완벽한 삶을 생각하는 순간
우리들은 불행의 늪에 빠지게 되나니

그때

그 완벽함을 모태로 하여
태어난 그놈들은

이때다 싶으면
언제 어디서라도 덮쳐
그 늪에 빠진 이들을
한입에 덥썩 삼키기도 하고
무시로 달려들어 못살게 굴고
괴롭히는 것이
그 놈들의 한결같은 습성이 아니겠는가!

- 2 -
평상시에도
우리들의 행복의 뿌리인
건강이라는 신발을 물어뜯고
또 물어뜯는
그 놈들이

때와 장소를 가리지 않고
출몰하는 오늘날

때로는 돌아갈 줄도 알고
때로는 그 놈들과
평화롭게 공존하는 지혜가 필요하리라.

왜냐하면
태풍 속에서도 살아남는 것은
고집스레
곧게 뻗은 큰 나무가 아닌
바람 따라 몸을 구부리고
펼 줄도 아는 유연한 나무이기 때문이다.

이 또한 지나가리라

굶어 보아야 안다. 밥이 하늘인 걸
불행해 보아야 안다. 아주 작은 게 행복인 걸
사랑해 보아야 안다. 내 마음에 꽃피는 걸
술 마셔 보아야 안다. 내가 얼마나 권력자인 걸
아파 보아야 안다. 건강이 엄청난 재산인 걸
약속해 보아야 안다. 내가 정서적 난민인 걸
이별해 보아야 안다. 그가 천사인 걸
죽어 보아야 안다. 내가 세상의 주인인 걸.*

*「이별해~주인인 걸」 김홍신의 『이 또한 지나가리라』에서

용서 2

잘못이라는
속박으로부터 벗어나

금방이라도
한없이 자유로워지고자 하는

보다
나은

내 미래의
행복을 위한

나만의
정신적인 나래짓이다.

용서를 못한다

정작
남에게 내 마음의
안방, 건넌방
다 내어주고

주인인
나는 마음의 집 밖에서
덜덜덜
떨고 있다.

인생 수업 강의 2

우리는
인생 수업이라는
사랑의 지상 여행에서
자기와 늘 가장 가까이 있는
이가

세상에서
나의 가장 소중한 이라는
것을 알고 사랑하고
오늘도 감사하며
함께 지상 여행을 하라.

늘
현재의 중요성을 알고
이를 실천하라!
그러면
행복이 동행할 것이다.

하나,
이 평범한 진리를 잊고
인생 수업이라는

지상 여행을 한다면
머잖아
후회할 날이 오고
인생 중도하차할 수도 있으리라.

또한
산다는 것은 선택의 연속이나
내가 선택한 몫을
사는 게 아니라
살아내는 것이다.

왜냐하면
인생의 빛인 사랑도
인생의 그림자인 고통도
모두가
소중한 내 인생의
한 부분이기 때문이다.

인생 수업 강의 3

살아 숨쉬는
이 아름다운 별에서
인생 수업이라는
지상 여행을 마치고

내가
진정으로 남겨야
할 것은
무엇인가?

그것은
이름이 아니라
자리가 아니라
건물이 아니라

돌 같은
내 마음 닦기와
복 지은 것 말고
또 그 무엇이 있으랴!

평화의 소녀상을 보며

저
무명 한복 입은 단발머리 쪼그만 소녀는
나지막한 코, 꾹 다문 입을 하고
작은 주먹 꼭 쥐고
꼿꼿하게 시선을 고정시키고

시방
무엇을 보고
무엇을 분노하고
무엇을 꿈꾸고 있는가?

저
캄캄한 암흑기의 하늘 아래
폭압으로 짓밟히고
오욕으로 얼룩진 위안부 소녀들의 죽음보다 더
큰
치욕적인 역사를
지우면 지울수록 선명하게
드러나리라.

찢기고

할퀴어진 가슴
그 가슴에 피멍들고
그 가녀린 마음까지도 갈기갈기 찢겨져 만신창이가 된
꽃 같은 위안부 소녀들의
통한의 아픈 역사를
부정하면 부정할수록 선명하게
드러나리라.

왜곡된
역사를 하나의 예외도 없이 인정하고
독일인들처럼
사죄하면 사죄할수록
사라지리라.

제4부

생태, 생명, 공존의 지혜

고독 2

그대는
아무도 몰래

온 우주가 잠든
한밤중에

내 영혼의
나뭇가지 끝에서

두려움으로
피어나는 꽃이다.

꽃은 지혜 있는

꽃은 웃지 않는다.
꽃은 자다가도 웃지 않는다.
그것은
세상은 빛과 그림자가 끊임없이 교차하는 곳임을 이
미 아는 까닭이다.

꽃은 울지 않는다.
꽃은 비바람에도 울지 않는다.
그것은
비바람 뒤엔 찬란한 태양이 숨어 있음을 이미 아는
까닭이다.

꽃은 화를 내지 않는다.
꽃은 얼굴 붉히며 화를 내지 않는다.
그것은
자신이나 다른 꽃들에게 마음의 상처를 주는 것임을
이미 아는 까닭이다.

꽃은 눈보라를 두려워하지 않는다.
꽃은 벌벌 떨며 눈보라를 두려워하지 않는다.
그것은
강한 시련이야말로 자기 성숙의 기회임을 이미 아는
까닭이다.

나무는 지혜 있는

나무는
제 씨앗이 바람에 날리어
비옥한 땅에서 목재로 자라나거나
바위틈에서 분재로 자라날지언정
사람처럼
자신의 자라는 환경을 탓하지 않는다.

나무는
네 꿈을 가지라고
네 꿈을 펼치라고
생색내며
사람처럼
강요하지 않는다.

나무는
오로지 주어진 자리에서
묵묵히 결연한 자세로
최선을 다하며 살 뿐
사람처럼
자리를 탓하지 않는다.

나무는
심지心志도 굳어
차라리 자신이 굽은 가지가 될지언정
남의 흠이나 잘못을
사람처럼
나무라지 않는다.

나무는
때가 되면
버리고 비우는 것을
스스로 몸으로 행하며
사람처럼
고집하지 않는다.

단풍나무의 말

내가 당신들과
아무리 종자種子가 다르고
조상이 다르다고

남의 속도 모르고
단풍이 불타오를 듯이 참말로 아름답다뇨?

시방 나는
살아남기 위해

밤낮으로 죽을 둥 살 둥
처절하게 고질병과 싸우며
천형天刑 같은 열풍熱風을
온몸으로 내뿜느라 변색된 것을

따스한 위로는 못 할망정
그저 겉만 보고
남의 속 뒤집어지는 소린 줄도 모르고
단풍이 불타오를 듯이 참말로 아름답다뇨?

석양 노을

부종아
광범아
제철아
영철아
성동아
종택아
지숙아
연옥아
다솔아
지영아

황금빛의 황홀한 서녘 하늘이 이렇게도 미치도록
아름다울 수가 없는데 어디에 있는 거냐?
은경아, 지연아, 보고 싶구나! 미숙아, 준모야, 사랑에
눈이 먼 다애야.

성공의 열매

고난 없는 나무는 없다.
고난 없는 열매도 없다.
성공의 열매는 더욱 그러하다.

흔들림 없는
눈에 보이는 생의 목표점을 정해
그곳에 정확히 다다르기 위해
철저하게 일하고
열정과 집념을 다 해도
끝이 보이지 않아

피하고 싶은 그 순간도
시방 포기하고 싶은 그 순간도
인내하며 참고 기다려야 한다.

더러는 자존감이 짓밟히고
더러는 칼날로 심장을 후비는 듯한 아픔도
참아내야 그 길에 들어선다.

외면하고 싶은 얼굴
차마 담을 수 없는 말

피하고 싶은 일

불에 데이는 듯한 괴로움
칼에 베이는 듯한 쓰라림들이 모여
귀한 성공의 열매를 맺는다.

야생화

바쁨 중독의 시대에서 벗어나
분주한 삶과는 동떨어져서

높은 담에 둘러싸인
답답한 삶이 싫다고

야외로 야외로 옮아가서
좁기만한 산비탈 길가
소담스레 피어 있는 야생화.

쨍한 날이면 쨍하다 웃고
비 뿌리는 날이면 잘 자라겠다 웃네.

별빛보다 빛나는 눈과
달빛보다 밝은 마음으로

오가는 바람들과 구름들처럼
단순하게 사는 게 제일이라고
여유롭게 사는 게 행복이라고

가족 하나 친구 하나 보이지 않아도

침묵의 바위처럼 외롭다하지 않고

오늘도
작은 행복으로 피어나는 야생화꽃
나의 이름이여!

어느 가을날 테니스코트 장에서

비행운飛行雲 하나 없는
심연深淵의 하늘 아래
가을색 짙어가는
빛고을 숲속 월드테니스코트장

저 광활한 우주의
하나의 별꽃인 쪼그만 지구처럼
일곱 면의 드넓은 테니스코트 장의
엄지만한 햇알밤 한 톨

투다닥 탁!
갑자기 송림클럽 라커룸 지붕을 때리더니
떽떼굴 구르고 굴러
서비스 라인 위에 섰다.

아아,
말 없는 하느님의 섭리인가!
자연이 연주하는 가을날의 음악인가!

순간
나는 토실토실하게 여문 가을을
호주머니에 게눈 감추듯이 넣고 있었다.

융프라우봉峯 산정에서

스위스 톱니바퀴 산악열차가 헉헉헉 숨 가쁘게 아슬아슬한 바위산 허리를 돌며 오르자니 저 멀리서 만년설萬年雪의 옷을 입은 융프라우봉이 부끄러운 듯 구름 속에 몸을 숨기며 우리와 숨박꼭질 하잔다! 산정에 오르니 만년설산 3454m! "우와! 우와아!" 보는 것만으로도 절로 탄성이 터지는 천하절경이다.

마치 하늘에 계신 분이 우리들의 인간계가 끝없는 이기와 거짓 위선과 대를 잇는 교만으로 생태계가 파괴되고 흙이든 물이든 공기든 몽땅 오염되어 죽어갈 것을 미리 알고 여벌의 순백의 신성한 세계를 예비하여 두신 것처럼 착각할 정도이나
숨 막히는 이 황홀감을 어찌하랴!

눈이 시리도록 신선한 새로운 세계인 유럽의 지붕인 융프라우봉 산정에서 6월 초순에 내 그림자처럼 따르는 누비옷의 반려와 눈싸움을 하고 꿈속 같은 별유천지비인간別有天地非人間*의 비경을 눈에

---

* 딴 세상이고 인간세계가 아니다. 특별히 경치가 좋거나 분위기가 뛰어난 곳. 출전 「산중문답-이백의 시」

가슴에 폰에 담고 전망대로 내려오니 그간의 가쁘
던 숨결이 한결 순하다!

이마를 시리게 하는 만년설 산정의 그 바로 발밑
으로 순백의 설원 끝쪽에서
어라! 저만큼 산등성이 쪽으로 소리도 없이 자장
궂은 쪼그만 까만 개미 새끼 세 마리 거짓말처럼
산정을 향해 기어오르고 있지 않는가!
뒤통수를 때리는 이 적막감을 어찌하랴!

일출

밤새껏
배앓이하던 바다가
불덩일 토해내자
황금색 화살들이 온누리에 쏟아지고

정전된
아파트에 불 들어오듯
스위치가 켜지며
세상이 가동되고 있다*.

날아가던
새들도 새날의 아침이
참말 좋다고
목청껏 의성어들을 외쳐댄다.

그제서야
막 잠을 깬 파도들이
내게 하얀 이를 드러내며
달려든다.

---

* 「스위치가~있다」 이정하의 『옥계바다』에서

자연의 결론

- '나는 자연인이다'를 보고 -

내가 숨 쉬던 사회는
탈도 많고 시비도 많았지만
자연은 내게 끝없는 안식처요
사랑이었습니다.

정말이지
내가 사회에서 받았던
끔찍한 좌절감과 처절한 배신감을
자연은 몽땅 감사하는 마음과 행복감으로
가득 채워주었습니다.

또한
자연은 스스로 죽어서도
내가 또 언제 그랬냐는 듯
스스로 또다시 살아납니다.

하여,
신의 계시인 자연은
그를 만든 절대주권자와
부자父子간엔 그 기질과 태도가 서로 닮듯이
서로 너무도 닮았습니다 그려!

재물 1

제아무리 오늘날 물만주物萬主 당신을 하늘처럼 공경하고 섬기며 떠받드는 세상일지라도 그렇지 이 세상에서 가장 존귀하다는 우리들이 기본 낯짝이 있고 기본 양심이란 게 있지 그래 우리들의 건강한 올곧은 정신까지 물만주 당신에게 지조 없이 끌려 다니며 부화뇌동하여 춤까지 같이 추어대서야 되겠습니까? 터놓고 말해 경이로운 존재인 우리들이 그렇게까지 물만주의 당신의 노예가 되어 끌려다니고 당신에게 얽매어 허리를 굽히며 살만한 반짝이는 이유도 없지 않겠습니까? 그럼에도 불구하고 물만주 당신은 마치 지상의 진짜 신이라도 되는 것인 양, 달콤한 절망 속에서 허우적거리는 남루한 영혼들 앞에서 거드름을 피워대며 바쁨의 노예들이 되어 그 존귀함조차 잊고 사는 오늘의 현대인들을 지배하여 힘들게 하고 비틀거리게 하고 흔들리게 하여 결국에는 손발도 쓰지 못하도록 넘어뜨리기까지 하는데 도대체 그 발칙스러운 저의는 무엇이랍니까?

또한 제아무리 세상이 거꾸로 되어 부가 목적이 된 시대요, 부가 목적인 이들이라 해도 그렇지 어떻게 어린 시절부터 삶을 유보당하고 마치 사육장의 동물처럼 사육당하는 삶을 살며 무엇을 위해 그렇게

부자가 되려고 안달하고 발광하는 것이랍니까? 그러한 삶의 경주가 과연 행복을 가져다줄 것인지 대단히 큰 의문이 아닐 수 없으며 무엇보다도 먼저 분별력이 필요한 21세기 이 시대에 물만주의 당신을 하늘처럼 공경하고 섬기고 떠받들고 끌려다니는 노예근성에서 하루빨리 벗어나 일상 안에서 자유인이 되는 묵직한 기쁨을 알고 사는 게 참말로 지혜롭고 행복한 삶의 주인이라 생각하기 때문입니다.

저 단풍잎처럼

연둣빛 봄바람의 따스한 입김에
가녀린 어린 싹눈 틔우고
잎이 나고 자라서

뜨거운 한여름철 무성한
녹음되어 햇볕과 어울려
왕성한 활동을 하다가

가을 단풍잎 되어
화려하게 불태우고
낙엽으로 생을 마치듯이

우리네 인생도
내림과 비움의 철학으로
돈과 명예도
손사래를 치며 뿌리치고
순리대로 살다가

곱게 물든 저 단풍잎처럼
아름답게 기쁨을 선사하고
돌아갈 땐 웃으며
떠났으면 좋겠습니다.

찬란한 황당한 봄날

4월 4일

예년보다 일주일이나 빠른
남도의 벚꽃전선이 연일 북상 중이어서
이곳저곳의 꽃 비상사태에

너는 꽃년이 되고 나는 꽃놈이 되어
가슴 설레이며 꿈속처럼
황홀한 벚꽃터널을 노닐었건만

해마다 밀려오고 밀려가던 전국적인 벚꽃명소
그 탄성들은 다 어디가고 그 자리엔
이름 모를 새들의 의성어들만 요란한가!

이리도 고운 상춘가절에
이리도 환장하게 아름다운 봄날에
이리도 찬란한 황당荒唐한 봄날이랍니까?

치매 얘기

꿈속에 꿈을 꾸는 끝없는 꿈의 연속 같은 삶
속에서 어느 이른 아침 나는 한 마디 사전 예고도
없이 두 눈 부릅뜬 채 맞으면 정신이 흐려져서
바보가 된다는 인생의 몽둥이에 그만 뒤통수를
여지없이 맞고 얼이 빠져 남은 판단력마저 흐려지
고 말았습니다.

이 얼마나 어처구니없는 초롱초롱한 아침의
날벼락 같은 일이었겠습니까? 이 얼마나
깨고 싶어도 깰 수 없는 안타까운 악몽惡夢
이었겠습니까?

촛농처럼 닳고 닳아 사그라지는 육신의 목숨보다도
그렇게도 차분하고 꼼꼼하고 치밀했던 내가 순간
툭! 하고 연 날리다가 끊어지는 연줄 끊기듯이 그만
멀쩡하던 내 정신줄을, 내 기억의 끈을 놓치고 말
았기 때문입니다. 그 후로도 얼마나 수백, 수천 번
을 잡았다가 놓치고, 잡았다가 놓치고……

나도 참으로 비켜가고 싶고 피하고 싶은 인생의
강물이었습니다. 차라리 먼저 간 강물들이 부러웠
습니다. 왜냐하면 내 기억력의 한계로 내 물건이

보이지 않아 자꾸 도둑맞았다고 말하는 내가, 이젠 한술 더 떠 아예 식구도 제대로 몰라보고 살고 있어 얼마나 크나큰 짐이 되고 내 자신이 수술해 제거할 수도 없는 크나큰 가족의 혹이 되어 불행을 안겨준 것이 내겐 가장 큰 고통이기 때문입니다.

나는 지금 어쩌면 몸이 아닌 마음으로 보이지 않는 피눈물을 흘리고 있는지도 모르겠습니다. 왜냐하면 한 번 빠지면 살아서는 빠져나올 수 없는 치매라는 죽음의 늪에 빠져 신음하고 있기 때문입니다. 하나 어제도 오늘도 간신히 생의 끈을 붙든 채, 갈 곳 잃은 마음이 되어 나는 희망이 없는 세상 속에서도 한 줄기 희망을 꿈꾸며 간절히 끈기 있게 기도합니다.

보이지 않는 마음의 피눈물을 철철 흘리는 내 울부짖는 고통의 소리가 마침내 하늘에 계신 분의 귀에 닿아 얼마나 기나긴 아픈 시간의 골목을 돌고 돌아서라도 반드시 응답해 주시리라 믿으며 그분의 치유의 은총으로 기적처럼 다시 일어날 것이라는 새로운 희망으로 숨 쉬며 살고 있기 때문입니다.

코로나바이러스 19 위기 속에서

우리는
참말로 평상시 얼마나 많은 복을
누리고 살았던 사람들일까요?

이렇게도
별유천지비인간別有天地非人間*의
아름다운 별에서
호흡하고 여행하고 있는 걸 보면

하나
자연과의 공존과 공생이
상생相生의 길임을 모르고

어떠한
기생충보다 무섭고 무서운
기생충이 대충임을 모르고

우리들이
스스로 불러온

---

* 딴 세상이고 인간세계가 아니다. 특별히 경치가 좋거나 분위기가
  뛰어난 곳. 출전 「산중문답-이백의 시」

코로나바이러스 19의 덫에 걸려

언제까지나
이 답답한 구속받는 기분의
자가 격리의 강제 속에
갇혀 살아야
할까요?

사랑이
현실에 갇히는 게
끔찍하듯이

이
엄청난 재앙의
악몽의 파노라마가 종식되고
일상이 주는 행복을 다시 찾을 그 날이
하루빨리 왔으면 좋겠습니다.

제 5부

그리움, 사랑의 아름다움

그대를 사랑하는 까닭

예뻐서가 아니다.
잘나서가 아니다.
많은 것을 가져서도 아니다*

섹시해서도 아니다.
지적知的이어서도 아니다

내가 그대를 사랑하는 까닭은
그대가 나처럼 불완전하기 때문이다.

---

* 「예뻐서가 ~아니다」 나태주의 「꽃·3」에서

그대에게

그대를 생각하면
난 자다가
꿈속에서도 웃는다.

그대를 생각하면
힘이 생기고
용기가 솟아나고
하늘이 더욱 파랗게 보인다.

그대 얼굴 떠올리면
나의 가슴은 따스해지고*
그대 목소릴 떠올리면
나의 발걸음은 가벼워진다.

하나
그대의 몸짓을 떠올리면
석양의 황금빛으로 물든 가을들녘
산들바람에 흔들리는 청초한 코스모스인 양

그 순수한 아름다움과
그 애잔한 애틋함과
그 딱한 안쓰러움을 지울 수가 없느니!

---

* 「하늘이~따스해지고」나태주의 『살아갈 이유』에서

나 그대에게 가겠다

나 그대에게 가겠다.
나 그댈 품은 채로

나 그대에게 가겠다.
내 눈길 닿는 곳마다
피어오르는 그대여!

나 그대에게 가겠다.
모든 순간이 그대였다!

나 그대에게 가겠다.
나 그댈 품은 채로.

내 사랑은

내 사랑은
늘 당신을 보고 싶은
내 마음이
오늘도 그리운 당신
마음의 문 앞을 서성입니다.

내 사랑은
보고 있어도 또 보고 싶은
늘 그리운 당신으로 인해
심장心臟이 쿵당쿵당 뛰어대는
설레임으로 하여
오늘도 안절부절못하게 합니다.

내 사랑은
늘 내 마음속에 들어 있는
오늘도
못 잊을 사람
바로 당신입니다.

내 사랑은
늘 당신을 사랑하는

내 마음이 오늘도
당신 마음에 가 닿아

내가
진정으로 사랑하는 당신과
오늘도 함께 하는
이 지상 여행은

얼마나
가슴 뛰는 기쁨이고
짜릿짜릿한 축복이며
신비로운 기적이겠습니까?

당신 없는 삶을 살라하시면

당신 없는 삶을 살라하시면
이 세상이 얼마나 외롭고 두려울까요?

당신 없는 삶을 살라하시면
또한 얼마나 당황스럽고 터무니없을까요?

하여,
주어도 주어도 다 주지 못한 것처럼
감사하고 감사하기에도 부족한 것처럼
내 당신을 사랑하면서 살 것입니다.

당신 없는 삶을 살라하시면
나 살아도 살아도 못살 것이기 때문입니다.

사랑 1

이 세상의
가장 소중하고

제일 좋은
마음의 집.

어느 날
내게 홀연히

걸어와, 내
따스한 인생의

빛이 되어
준 집.

사랑 고백 2

눈부신 4월의 햇살 같은 당신을
처음 본 순간부터
난 설렜었고 떨렸었고
가슴이 터질 듯이 벅찼습니다.

하여
내 마음에 담았었고
꿈속에서나 꿈 밖에서나
자꾸자꾸
어른대는 당신을 미치도록 그리워했었고
내 뜨거운 심장의 피를 끓게 하는
당신만을 죽을 만큼 사랑해 왔습니다.

이젠
내 가슴 속에 불을 지르고
마음에 끌 수 없는 사랑의 불꽃으로 키워내어
죽음조차 갈라놓을 수 없는
끝없는 우리의 사랑을 이루었습니다.

내가 사랑하는 이여,
내 존재의 기쁨이여,
현세에도 내세에도 난 영원히 당신뿐이라오!

사랑 고백 3

- 결혼식 신랑 헌사獻詞 -

저는 우리 인생에서 가장 찬란하고 빛나는
둘이 하나가 되는 오늘, 결혼식 날을 기리며
고백합니다.

저는 사랑하는 당신을 미치도록 사모思慕합니다.
하여 이 뜻깊은 자리에서 세 가지만 약속드리겠습
니다.

첫째로, 저는 오늘처럼 하루하루 앞으로도 기쁘게
당신이 사랑하고 좋아하는 일만 찾아 하겠습니다.

둘째로, 저는 오늘처럼 하루하루 앞으로도
당신이 하시기에 어렵고 힘든 일만을 골라서
제가 하겠습니다.

셋째로, 저는 오늘처럼 하루하루 앞으로도
당신에게 산소처럼 꼭 필요한 존재가 되겠습니다.

왜냐하면, 사랑은 사랑받는 이보다 사랑을 주는
이가 더욱 더 행복하기 때문입니다.

사랑하기 때문에

사랑하기 때문에 얽어매고
사랑하기 때문에 상처를 주고
사랑하기 때문에 아파하고
사랑하기 때문에 헤어지고
사랑하기 때문에 자기 목숨을 끊고
사랑하기 때문에 죽음이 같이 따라 눕기도 합니다.

하나, 참으로
사랑하기 때문에 나를 얽어매지 않는 자유의 사랑을
해 주고
사랑하기 때문에 정말 나를 있는 그대로 사랑해 주고
사랑하기 때문에 바라보기만 해도 가슴이 따스한
사랑을 해 주고
사랑하기 때문에 마음 속에 사랑이 샘솟는 이는
이 세상 그 누구의 가슴보다도 펄럭일 것입니다.

첫사랑

내 마음속
깊은 곳에

나도 몰래
숨겨 놓은

아련하고 가슴 시린
그리움 하나.

말 못해 얼굴 붉히고
애태우다 잠 못 이루고

서툰 열정으로
가슴 졸이던

아련하고 가슴 시린
풋사랑 하나.

제 **6**부

삶의 작은 발견, 큰 기쁨, 행복

감사하는 마음

우리들의 인생의 하늘에
비록 눈비 내리고 칼바람 불고
우리들의 인생이
온갖 종류의 역설逆說과 씨름할지라도

우리가 꿈꾸는 푸르른 내일이
생명력의 원천이라면

평범한 일상의 땅에서
우러나오는 감사하는 마음이야말로
행복의 원천이다.

감사하는 마음은
너와 나를 살게 하는 힘

감사하는 말을 많이 할수록
봄비에 죽순 자라나듯
우리들의 행복나무는 불쑥불쑥 자라나고
우리들의 행복나무는 눈부신 꽃 피워내고
우리들의 행복나무는 옹골찬 생의 열매들을 선물
할지니

먼저 웃고 먼저 배려하며
먼저 사랑하고 먼저 감사할 일이다.

우리들의 빛나는 최고의 인격을 위해
우리들의 빛나는 최고의 사랑을 위해
우리들의 지구촌 인류의 푸르른 미래를 위해.

꽃달

겨울밤 하늘엔 꽃달이 떴다.

내 마음엔 어여쁜 그대가 떴다.

밤하늘의 저 꽃달은
어제도 오늘도 다른 꽃달이지만

내 마음의 어여쁜 그대는
언제나 한결같아 변함이 없다.

다슬기 잡기

마치
현대문명의 전기가
그 화사함과 편리함으로
일의 밤과 낮의 장벽을 허물어버렸듯이

쪼그만
다슬기들이 그들만의 독특한 녹색 빛의 미각과 촉각
으로 한여름철 청정일급수 맑은
강의 밤과 낮의 장벽을 허물어버렸다.

일찍이
하늘이 뜻한 바 있어
우리들에게
밤과 낮을 주었는데

언제부턴가
한여름철 맑은 강의 그 쪼그만 다슬기들이
우리들의 소중한 수면과 휴식과 충전을 앗아간 도
둑들이 되고 말았다.

무등산無等山에 오르며 1

사랑하는데
내 어찌 당신의
키를 따지고
기품을 따지고
소속을 따지랴!

사랑은
늘 외모가 아니라
본질本質이듯이
나는 어머니의 자궁 같은
평온한 품의
당신 매력에 흠뻑 빠져 사노니

시詩답지 않는
시詩도 평생 붙잡고 살면서
내 그림자와 같은
반려와 함께
오늘도 01번 순환버스를 타고
갈색 모자에 사철 붉은 배낭을 메고

내 당신 없이는 살아도 살아도 나 못산다고

찰찰찰 흘러내리는 계곡물에
마음의 때 씻어가며
바람 한 점 없는 바람재 넘어
인형人形하나 없는 장불재 넘어
절대주권자의 잔손길 같은
주상절리 서석대 앞에서

왜
우리는 자비의 당신처럼
강한 무력한 사랑의 삶을
살 수 없는 것인가!
자문自問해 보나니

사랑하는데
내 어찌 당신의
키를 따지고
기품을 따지고
소속을 따지랴!

베푸는 기쁨 나누는 행복

- '고사리'를 외치며 -

우리는 저마다의 마음에 아름다운 정원庭園이 있습니다. 하나 대부분 다른 사람 마음의 정원에 핀 장미를 부러워하느라 정작 자신의 마음의 정원에 핀 호접란이 얼마나 아름다운 줄 모릅니다. 하나 우리가 그 마음의 정원을 여러 이웃들과 함께 공유한다면 서로가 베푸는 기쁨 나누는 행복으로 얼마나 더 살맛나는 아름다운 지구촌이 되겠습니까?

내 마음엔 잔잔한 기쁨의 강물이 흐릅니다.
우리의 마음의 정원에 피어나는 온갖 눈부신 겸손의 꽃들과 정이 담뿍 스며든 푸르른 사랑의 나무들과 그 나무들의 주렁주렁 열린 열매들이 이웃들의 마음을 환하게 해 주고 위안과 기쁨을 건네주기 때문입니다.

이처럼 아름다운 마음의 정원을 다른 이웃들과 기꺼이 공유하다 보면, 여러 이웃들이 서로 찾아와 기쁨의 씨앗을 심어주고, 서로 친절의 씨앗을 심어주고 이웃인 그가 보인 친절의 씨앗은 나와 그곳에 있는 다른 누군가의 마음 속에서 싹을 틔우고 자라날 것입니다. 그 씨앗이 자라 또 다른 이웃 사람의 마음의 정원으로 퍼져나갈 것입니다.

그리하여,
그대가 '고사리'를 한 번씩 부를 때마다
내 마음의 정원의 나무는 한 번씩 튼튼해지고
그대가 '고사리'를 한 번씩 부를 때마다
내 마음의 정원의 풀잎은 한 번씩 푸르러지고

'고사리'를 한 번씩 외칠 때마다
그대 마음의 정원은 한 번씩 환해지고
'고사리'를 또 한 번씩 외칠 때마다
그대 마음의 정원은 또 한 번씩 아름다워집니다.

그리하여,
내 마음의 정원에 꽃 한 송이 피었습니다.
우주의 한 모퉁이가 아름다워졌습니다.
내 마음의 정원에 시 하나 싹텄습니다.
우주의 한 모퉁이가 밝아졌습니다.[*]

내 마음의 정원 밖의 세상 이야기는 하지

---

[*] 「꽃 한 송이~밝아졌습니다」 나태주의 『시』에서

않기로 합니다.
'고사리'를 외치며

우리들의 고마운 이야기는 '고맙습니다'
우리들의 사랑하는 이야기는 '사랑합니다'
우리들의 이해하는 이야기는 '이해합니다'
하기로 합니다.

이렇게
나와 그대, 그리고 다른 이웃들의 마음을
서로 가꾸어가며 공유해 간다면,
해가 갈수록 우리들 저마다의 아름다운 정원은
더욱 윤택해지고, 더욱 푸르러지고
해가 갈수록 우리들 우주는 더욱 밝아져가고
더욱 아름다워져 가지 않겠습니까?

봄날

이처럼 벚꽃이 흩날리는 고운 봄날에
이처럼 어여쁜 그대가 있으니
이 마음 온통 행복에 취할 수밖에.

비누의 사랑법

비누는
자기의 몸을 녹이는
자기 희생을 통해

말없이
주위의 온갖
더러움을 없애며

자신은
한 점 흔적도 없이
사라져 갑니다.

이
얼마나 뜻이 높고
아름다운 사랑법입니까?

지금
만약 당신이
누군가를 참으로 사랑한다면
비누처럼 사랑하며 살아가야 하지 않겠습니까?

스트레스의 고마움

내게 일찍이 그대가 없었더라면
평범하고 평화로운
일상이 주는 행복의 가치를
내가 어떻게 깨달을 수 있었겠는가!

내가 일찍이 그대로 인하여
몸을 상傷하지 않았다면
내가 어떻게 인생의 건강에 대하여
이처럼 진지한 태도를 가질 수 있었겠는가!

시詩 줍기

일손 하나가 아쉬운 가을철
고구마 수확 후, 재차
아우의 트랙터가 흙먼질 날리며
그 밭을 갈고 지나가는

이곳저곳에 통째로 드러누운 알몸의
고구마 이삭을 줍듯
내 삶의 농장 바닥에서
시詩를 줍고 있다.

그럼에도
어쩌면 세상에
이렇게도 탐스럽고
오지고 옹골찰 수가 있는 것인가!

세상은
역시 누가 뭐래도
감사하는 마음으로 살
일이다.

연애하기

어느 날 문득
나도 몰래 그리던
신神도 막을 수 없는
운명적 사랑을
만나고 말았네!

내겐 그대가
세상의 전부라서
온 세상을 가진 듯하고
온 세상이 빛나 환해졌네.

그 바람에
내 마음 안의
잠자던 연애 세포들이
화들짝 깨어나버렸네.

나는 그만
내 눈길 닿는 곳마다
피어오르는 그대로 인해
사랑의 바다에
풍덩 빠져버렸네.

아아, 어찌할 것인가!
아아, 어쩌면 좋은가!

빛이
찬란한 하늘이
두 눈 뜨고
지켜보고 있건만

그저,
눈 한 번 질끈 감고
내 내면의 소리 대로
한 번만 더 사랑하고
한 번만 더 죄짓고
한 번만 더 고해성사할까 보다.

장학금

작지만
네가 있어

내겐 큰
힘이 돼.

행복 장부

우리네
인생 여행에서
긍정적 감정은
수입!

우리네
인생 여행에서
부정적 감정은
지출!

우리네
인생 여행에서
긍정적 감정이 부정적 감정보다
많을 때

우리는
행복이라는 인생
최고의 수익을
내게 되나니

오늘도

긍정적인 겸허한 마음으로
모든 것에 감사하는 법을 배우며
베풀고 나누고 행복을 쌓아가며 살지 않겠는가!

행복론의 시 5

삶은 언제나 아름답고
행복은 바로 내 생활 속에 있는 데도

그저
먹고 살기 위해
꿈을 이루기 위해
스스로 만든 고뇌의 덫에 걸려

앞으로 나아가지도
뒤로 물러서지도 못한 채
근심 속에 갇혀 사는 이가 얼마나 많은가!

우리는
정작 행복하지 않아서가 아니라
행복을 발견하지 못해서
불행하다.

하나
생각을 바꾸면
감사할 까닭이 넘쳐난다.

오늘도
인파와 차량의 홍수 속에서도
아무 사고 없이
하루를 보낸 것도

매일 같이
하루 일과를 마치고 집에 와
사랑하는 가족과 담소하며
따뜻한 차를 나누는 것도

음악을 듣고
책을 읽으며, 글을 쓰는 것도
여유롭게 주말을 보내는 것도

이 모두가
일상이 주는 행복이 아니겠는가!
행복은 감사하는 마음에서 비롯되기 때문이다.

제 7부

우리의 꿈, 희망, 교육

교감 선생님

보면
신경 쓰이고
안 보면
속 편한 분.

하나
누가 뭐래도
내일의 교육 CEO로서

나는 이 일을 위해
부름 받았다는 소명의식과
스스로 품위를 지키고 자기를 존중하는 마음 하나로

오늘도
정신적인 자녀들의
재능의 꽃을 활짝 피우기 위해

때로는 지원하시고
때로는 이끄시고
때로는 확인하시고

배움 집인
꿈의 발전소 현장의 부소장으로서
묵묵히 자리를 지키시며
구체적인 칭찬거릴 만드시고
이 시간도 근거 있는 칭찬거릴 찾아
자리를 비우시는 분.

교육 23

싹이 돋을 때 뿌리를 잘 내리도록 알맞게 밟아주고
다져주는 작업을 게을리하지 마십시오. 왜냐하면
우리의 끈질긴 생명력을 닮은 청보리 같은 새싹들이
대지에 뿌리가 깊이깊이 내려야 웬만한 비바람에
도 쓰러지지 않고 비실비실하지도 않으며 튼실하게
쑥쑥 자라날 수 있기 때문입니다. 새싹을 기르는
목탁*들이시여, 이 시대의 사표들이시여, 깨어난
바람이여.

---

* 세상 사람들을 각성시키고 가르쳐 인도하는 사람

내가 원하는 나라

내가 원하는 나라는 아름다운 나라
그 무엇보다 일찍이 생명의 소중한 씨앗들!
그 낱낱의 씨앗들의 가능성의 싹을 찾아내
그 씨앗들의 재능의 싹을 키워주고
활짝 꽃 피워 주는 행복한 나라입니다.

내가 원하는 나라는 아름다운 나라
그 무엇보다 일찍이 자립심 교육이라는
나무가 뿌릴 내리고 꽃피우고 열맬 맺어
다 큰 잎들이 그 뿌리들에게 손 내밀지 않고
뿌리들도 그 잎들에게 이래라저래라 않는
서로가 스스로 서는 행복한 나라입니다.

내가 원하는 나라는 아름다운 나라
그 무엇보다 일찍이 능력사회가 되어
국민 모두가 학벌의 사다리,
직업 간판의 차별이 없는 행복한 나라입니다.

내가 원하는 나라는 아름다운 나라
그 무엇보다 국민 개개인들의 마음의 지능지수인
감성지수, 내 자신이 얼마나 행복한가를 재는 행
복지수가 높은 행복한 나라입니다.

꿈 5

만약
당신이 없는 세상을 살라하면
내 인생은
얼마나 외롭고 쓸쓸한 사막처럼
답답한 삶일까요?

난 오늘도 당신을 안고 살아갑니다.

당신이야말로
내 삶의 원동력이요
내 삶을 지탱해 주는 버팀목이요
내 삶의 든든한 반려자이기 때문입니다.

언젠가
저만큼 시간의 바다 건너
희랍의 젊은이, 피그말리온(pygmalion)이
이 여인과 결혼할 거라고 꿈 꾸며
상아에 이상적인 여인상을
조각해
그의 꿈이
마침내 기적이 되어

두 손에 행복을 거머쥐었던 것처럼

행복은
그저 쉽게 두 손에 주어지는 것이 아니라
보다 밝은 빛의 미래를 위해
내 꿈을 끝까지 포기하지 않고
준비하며 노력하는 자에게 주어지는
고귀한 땀의 선물임을
제 정신의 자녀들이 기억하며 살게 해
주십시오.

꿈꾸는 방법

우리가
매일 마주하는 아침 햇살 같은
그 눈부신 생의 바다 한가운데에서도

내게
꿈이 없다면
끝없는 절망감 속에
단 하나밖에 없는 소중한 생명을
표류하며 소모하는 삶을 살아갈 수밖에 없다.

왜냐하면
생의 바다 한가운데서도
나의 꿈은
삶의 희망이 되고, 버팀목이 되고
긍정적으로 이끌어 주는 힘이 되어 주기 때문이다.

정말
하고 싶은
가슴이 시키는
진정한 내 꿈이 없다면

새롭게

눈뜰 수 있는
꿈이라는
꽃을 피울 기회도 주어지지 않는다.

자신이
왜 살아가야 하는지
그 까닭도 모르고
그 가치도 모르고
그 목적도 모르고

결국은
내 인생 즐거움과
행복을 찾지도 못하고
허무하고
우울한 인생의 강을 건널 수밖에 없다.

요즘,
꽃처럼 젊은 피들의
인생 목적이 된 대학은
결코 삶의 목적이 아니라
과정이며

내가
진정하고 싶은 것이
무엇인지를
찾아가는 곳이다.

내가
어떤 꿈을
어떻게 꾸어야 하는지
꿈꾸는 방법을 배우는 곳이다.

우리 인생에서
참으로 중요한 것은 결코 외형이 아니다.
결코 학벌이 아니다.
결코 재물이 아니다.
결코 외모가 아니다.
사회적 지위도 한낱 옷걸이일 뿐
옷의 진정한 주인은 아니다.

내가
무슨 생각으로 살며
무엇을 행하느냐에 방점을 두어야 한다.

사랑 4

이 세상의
가장 어려운 일은
남의 마음을 얻는 일이다.

절망적
상황에서도
기적을
만들어내는 힘이 되기 때문이다.

하여
이 세상 모든 문제는
그의 충족과
그의 부재에 있나니

스승이여,
생명의 불꽃을 태우는 이여,
깨어난 바람이여,
그 사랑의 길을 포기하지 말고 가라.

성공한 사람의 두 가지 자질

만약
자기 자신의 부족함 마저
받아들이지 못한다면
어떻게 다른 이를 받아들이겠는가!

또한
세상이 주는
여러 가지 시험과
어려움을 어떻게 수용하겠는가!

자기
자신조차 감싸지 못하면서
어떻게 이 세상을 사랑하고
진정한 행복과 아름다움을 찾아 누리겠는가!

어느 무명교사의 기도

전능하신 사랑의 주님!

내 정신의 자녀들로 하여금
공부란 이 세상에서 가장 존귀한
자신의 미래를 준비하는 과정임을 알고
누가 시키지 않아도
스스로 하는 충격적인 아름다운
모습을 보이게 하여 주소서!

내 정신의 자녀들로 하여금
학교란 오로지 시험 보며
경쟁하기 위한 곳이 아닌,
삶은 빛나는 선택의 연속이며
자신의 행복 또한 빛나는 선택에서 오는 것이니
자신이 좋아하고 잘하는 것을 택해
자신들의 재능을 활짝 꽃피우는
즐겁고 재미있는 배움 집이 되게 하여 주소서!

우리 교사들로 하여금
내 정신의 자녀들의 개인 차란
결코, 비교의 대상이 아닌

배려의 대상임을 알고 가르치게 하소서!

우리 교사들로 하여금
내 정신의 자녀들이
이제부터라도 자존감의 부재에서 오는
학폭이라는 성장통으로 인해
더 이상 망가지지 않도록
돕게 하여 주소서!

우리 교사들로 하여금
내 정신의 자녀들이 부적응으로 인해
가출했다 하더라도
"나와 함께 가자.
난 단 한 명도 포기할 수가 없다."고
0순위로 찾아내 보살피며 돕게 하여 주소서!

우리 교사들로 하여금
내 정신의 자녀들이 어린 시절부터
자신의 인생을 결정하는 것은
자녀들 각자의 몫임을 알게 하시고
자율적으로 행동하도록 돕게 하여 주시고

바늘 가는 데 실 가듯이
반드시 책임도 따름을 알게 하여 주소서!

아울러
내 정신의 자녀들로 하여금
누구나 꿈을 가지고 노력하면
언제라도 성공할 수 있다는
믿음을 배우게 하여 주소서!

또한
학교는 우리 교사들로 하여금
절대적 권한을 지닌
천국이게 하시고
소명의식과 자존감을 지닌
당당한 목소리로 가르치게 하소서!

저 푸르른 녹음처럼

저 푸르른 녹음처럼
내 정신의 자녀들아 그렇게
자라나거라. 자라나거라.

저 녹음의 바다에도 진리의 언어는 살아 있나니
나는 너희들에게서
푸른 잎들의 희망을 본다.

사랑하는 나의 정신의 자녀들아

겨울이라는 죽음의 고통을 참아낸
저 부활의 영광
저 윤기 흐르는 되살아남을 보아라.
저 끝없는 녹음의 물결 밀려오고 밀려가듯이
우리들 삶 또한
씨 뿌리고 땀 흘린 만큼 거둔다는 진리를

우리네 인생이 꿈속에 꿈을 꾸는 끝없는 꿈의 연속
일지라도
꿈을 지니는 사람이 되어 다오.
산소와 같은 꿈!

꿈이 없는 삶은 비참 그 자체이거니
이제 우리 작은 꿈 하나를 위한 씨앗을 뿌리자.

기왕이면 유의미한 꿈!
기왕이면 모든 이에게 희망을 건네주는
그런 꿈의 주인이 되자꾸나!

이 꿈의 배움터에서
내 꿈을 알지 못하고서야
어떤 희망의 나래짓을 힘차게 할 수 있겠느냐?

사랑하는 나의 정신의 자녀들아
또한 네 혀가 네 인생의 내비게이터
(navigator)임을 늘 명심하거라.
상처 없이 자라는 나무가 어디 있으랴마는
너와 내가 함께 하는 세상
살갗 에이는 상처에 밤새 아픈 날들도
고통 꺼내어 말하지 않으며
팔 벌려 하늘 가득 채우는 인내의 열매 꿈꾸며
안으로 영글어 가는 거란다.
세월처럼 그려지는 나이테 속으로만 안으면서

말없이 하늘을 높이 나는 저 새를 보아라.
상처 없이 나는 새가 어디 있으랴마는
푸른 창공 높이 나는 저 새들처럼
희로애락애오욕喜怒哀樂愛惡慾*의 감정을 다스려갈 때
진정 높이 나는 새가 될 수 있으리라!
거룩한 성숙의 땅을 지향하는

우리들 정신의 아빠 엄마들은 약속한다.
교만과 이기와 위선의 옷을 훨훨 벗어 내던지고
한 그루 한 그루
희망의 물 흠뻑흠뻑 뿌려 주리니

때로는 봄바람 되어 너희들 꿈을 북돋아 주고
때로는 한여름 밤이슬 되어 잠 못 이루는 너희들
이마에 맺힌 땀 식혀 주며
때로는 네 꿈속 잠자는 영혼 올곧게 깨우는 따끔한
훈계로
너희들 무한한 영토의 자양분이 되리라고

---

* 인간이 지닌 일곱 가지 정으로 기뻐하고, 성내고, 슬퍼하고, 즐거
워하고, 사랑하고, 미워하고, 욕심내는 것을 말함.

풍요로운 지구촌 살맛나는 이 땅의
싱싱한 꿈나무들아,

눈뜨고 일어나면 조금씩 살찌고 커가는 저 이파리
들처럼
그 고운 자태와 청청한 빛깔로
자라나거라. 자라나거라.

삶의 층계마다 쏟아져 내리는 은혜의 햇살 아래
비도 바람도 온몸으로 맞아들이며 커가는
윤기 흐르는 5월의 저 푸르른 녹음처럼
그렇게 푸르게 푸르게 자라나거라. 자라나거라-이!

아름다운 내면의 고백

- 정종석 시집 『내 마음엔 잔잔한 기쁨의 강물
이 흐릅니다』시세계 -

윤 영 훈

(시인, 문학평론가, 전남시인협회 고문)

1. 들어가며

　시는 언어예술이다. 즉, 시를 쓴다는 것은 아름다움을 창조하는 행위이다. 시 작품은 작가의 경험을 바탕으로 한 사색과 고뇌의 산물이다.

　정종석 시인의 작품은 일상에서 건져 올린 절절한 삶의 편린이 묻어 있다. 신앙인과 교육자로서 올곧게 살아가고자 하는 체험의 절실함이 시로 형상화되어 있다.

　그의 작품은 사람과 사람의 마음을 이어주는 힘이 담겨져 있다. 그의 시를 읽고 있으면, 저절로 고개가 끄덕여지며 마음이 움직여진다. 그의 시는 생활이고 생활이 곧 시이기 때문에 시인과 독자와의 공감대 형성이 원활하게 이루어진다.

　'무기교가 최상의 기교'란 말이 있다. 그의 시는 억지로 고운 말만을 나열하는 것보다 진실을 담기 위한 노력의 흔적이 배어 있다. 누구에게나 진실은 통하는 법이다. 과장되고 화려한 글보다 진실한 글이 독자에게 잔잔한 감동을 불러일으킨다. 분명 시는 많은 사람들의 마음을 감동의 물결로 넘치게 하여, 우리의 삶을 더욱 풍성하게 하는 긍정의 힘이 있다.

'시詩는 곧 그 사람이다.'란 말이 있다. 정종석 시인의 작품들 중에서 두드러지게 띄는 경향은 먼저 더 고운 삶을 살기 위한 고뇌의 흔적이 역력히 드러나고 있다. 정종석 시인의 제1시집 '바람의 속삭임'을 발간 후 3년 만에 나온 제2시집에 그의 시는 일상생활의 체험에서 우러난 작품들이기에 독자들이 쉽게 다가갈 수 있을 것이다. 그럼 정종석 시인의 시세계를 다양하게 살펴보도록 하겠다.

2. 신앙인의 삶

시는 인간에 대한 가치의 인식과 바람직한 삶의 방법을 제시해주는 기능을 가지고 있다. 인간의 감수성을 자극하고 더럽혀진 인간의 영혼을 정화시킬 수 있는 매력적인 도구가 바로 시다.

정종석 시인은 시를 통해 신앙인으로서의 일상적인 삶을 토로하며, 끊임없이 자신을 돌아보고 더 나은 영혼의 길을 찾아가고 있다.

그럼 정종석의 시세계에서 먼저 신앙인의 삶의 의식이 투영된 시를 살펴보도록 하겠다.

자나 깨나
당신 사랑 안에서
고만고만하게 살고 싶은
이 마음을 누구에게 건네주리이까
주여,

비록
쓰레기처럼 썩은 자^者들 속에서
채이고 넘어지며
뒤척이다가 되돌아서는 목숨이지만
누군가
오른뺨을 때리면
왼뺨도 돌려대야 하는 생애임을
기억하게 하소서
주여,

시시로
당신 마음의 창에 뛰어들다
가슴이 찢기고
배를 맞아 뒹구는 일상이지만
당신을 따돌리면

메마른 땅
옴짝달싹 못 하는 자아임을
깨닫게 하소서
주여.

- 「공(Ball)이 되어」 전문

위 시는 신앙인으로 살아가기 위해서는 숱한 난

관에 부딪히는 현실을 고백하고 있다. 참 신앙인의 길을 걷는다는 것은 결코 쉬운 일이 아니다. 치열한 생존경쟁이 펼쳐지는 세상에서 바르고 곧은 삶을 살기 위해서는 갖가지 수모를 당하고 마음에 상처를 받을 수밖에 없다. 세상사에 정말 지치고 힘들 때에는, 주主에서 벗어나 세상의 유혹에 빠져들고 싶기도 했을 것이다. 그러나 결코 주主를 떠날 수 없는 시적화자의 마음을 엿볼 수 있다. 인류를 구원하기 위해 십자가에 못 박힌 예수의 고통에 비하면, 시적화자의 시련과 아픔은 극히 작은 부분이란 걸 은근히 보여주고 있다.

소금이 물을 만나
물의 소금이 되듯
물이 소금을 만나
소금의 물이 되듯

장님이 빛을 만나
빛의 장님이 되듯
빛이 장님을 만나
장님의 빛이 되듯

제자가 스승을 만나
스승의 제자가 되듯
스승이 제자를 만나
제자의 스승이 되듯

-「성체조배聖體朝拜」전문

'성체조배聖體朝拜'는 성체 안에서 현존하는 예수님과의 대화·기도·봉헌의 행위다. 위 시는 시적화자가 성체 안에 내재해 있는 그리스도의 영혼을 만나, 더욱 깊고 지속적인 일치를 갖게 되는 모습을 그리고 있다. 그리스도는 외적 대상이 아니라 시적 화자 자신의 내면에 살고 있는 것이다. 예수 그리스도의 성체를 가슴에 품고서, 언제나 그리스도를 기억하며 그리스도와 함께 살고자 하는 신앙인의 마음이 잘 드러나고 있다.

　　나도 또한
　　또 하나의 연

　　오오,
　　저 눈부신 신약新約의 태양 아래
　　금실 같은 목숨 줄 하나로
　　살찬 땅을 떠돌며
　　하늘 바람 마시는,

　　하나,
　　그 연은
　　숙명처럼, 지상에만 머물러
　　아직도 세정世情의 실마리를 놓지 못하는
　　안타까운 창작연

　　보아도 보지 못하는 눈을 하고
　　들어도 듣지 못하는 귀를 하고
　　스스로 날지 못하는 나래를 하고

그저,
칼바람 속에 살아 주문 외우듯
입으로만 혼 울림만 되풀이하는

나는
연의 살과 골격으로 빚어진
예수 그리스도가
무시로 해골산의 언덕배기에서
고독한 당신으로 이름으로 띄우시는
또 하나의 사랑연

하여,
저 눈부신 신약의 태양 아래
금실 같은 목숨줄 하나로
당신 발끝 좇아
죽음의 언덕 너머 날면
날 이끌어 올려세우실 날도 멀지 않으리
거친 땅 칼바람 속
지상연, 나의 이름이여.

ー「또 하나의 연鳶」 전문

　연鳶은 바람을 이용해 하늘에 띄우는 놀이 기구이다. 연은 푸른 하늘을 훨훨 날아야만 아름답다. 이 시에서 또 하나의 연鳶은 시인 자신을 비유하고 있다. 대부분의 사람들은 인생은 단 한 번의 초대이며, 죽으면 모든 것이 끝난다고 여기고 있다. 그러나 시적 화자는 지상에 머물러 있지만, 늘 하늘나라를 꿈꾸고 있다. 영원히 죽지 않는 삶을 추구하고

있는 것이다. 진정 아름다운 삶은 그리스도를 좇아
천국에서 사는 삶이라고 강조하고 있다.

3. 사랑과 행복의 미학

　정종석 시인의 작품들 중 신앙인의 삶의 의식이
투영된 시 다음으로 예술의 영원한 테마인 '사랑'과
인간이면 누구나 간절히 추구하는 '행복'을 노래한
작품들이 눈에 들어왔다. 사랑은 오랫동안 문학 속
에서 주된 정서로 자리하고 있다. 사랑 중에서도 순
수한 사랑은 아름다운 기억으로 남기에 애틋한 감동
을 준다. 성서에서도 '그런즉 믿음, 소망, 사랑, 이
세 가지는 항상 있을 것인데 그 중에 제일은 사랑
이라(고린도전서 13장 13절)'이라고 했다.
　이러한 사랑은 소유하는 것이 아니라 서로 나누
어 가지는 것이다. 무거운 짐을 서로 나누어 짊어지
며 함께 걸어가는 것이다.

　　내 마음속
　　깊은 곳에

　　나도 몰래
　　숨겨 놓은

　　아련하고 가슴 시린
　　그리움 하나.

말 못해 얼굴 붉히고
애태우다 잠 못 이루고

서툰 열정으로
가슴 졸이던

아련하고 가슴 시린
풋사랑 하나.

- 「첫사랑」 전문

여린 시인의 마음이 느껴지는 매우 감성적인 작품이다. 이성에 대해 처음으로 느낀 사랑이기에 제대로 표현하지 못하고 벙어리 냉가슴만 앓을 수밖에 없다. 혼자만 속 태우며 잠 못 이루는 안타까움이 바로 전해진다. '첫사랑'과 '짝사랑'은 단어는 다르지만 공통분모가 있다. 아직 내밀하게 성숙하지 못한 사랑이기에 아련하고 가슴 시린 풋사랑이라는 마지막 행간에서 시적 화자의 마음을 읽을 수 있다.

이 세상의
가장 소중하고

제일 좋은
마음의 집.

어느 날
내게 홀연히

걸어와, 내
따스한 인생의

빛이 되어
준 집.

- 「사랑 · 1」 전문

　사랑은 관념적이기에 어떤 것이라고 단언하기가
쉽지 않다. 하나 사랑은 삭막한 인간관계의 윤활유
역할을 하며, 서로에게 기쁨을 준다는 사실은 누구
라도 인정할 것이다. 이 시에서는 시적 화자가 사랑
이란 이 세상에서 제일 좋은 마음의 집이라고 은유
적으로 표현하고 있다.

　또한 사랑이란 내 인생의 따스한 빛이 되어 준
집이라고도 한다. 어두운 마음을 밝히게 하는 건 사
랑의 빛이다. 이 시는 일회적이고 타산에 젖어 있는
현대인의 사랑에 경종을 울리고 있다. 인스턴트 사
랑이 만연되어 있는 현실이기에 더욱 순수하고 진실
한 사랑을 갈구하는 것이다.

　당신은 내게 돛이고 닻이며 덫입니다.

　당신은 내게 돛입니다
　불확실한 구름 속에서도
　꿈꾸고 도전하며 내달리는 내게
　당신은 내 마음의 깃발이 되어
　인생 항해의 목적지를 향해 순항하도록

늘 힘과 격려와 용기를 불어넣어 주기 때문
입니다.

당신은 내게 닻입니다.
먹구름 일고 번개 치며 비바람이 세찬
파고 속에서도 이를 두려워하지 않고
고비 때마다 앞장서서 자신을 내던짐으로써
해결하고 그 고비를 넘기며
늘 무사히 항해하도록 도와주기 때문입니다.

당신은 내게 닻입니다.
좌초하거나 침몰하지 않고
힘내어 전진해야 할 인생 항해에서도
당신은 내게 사랑의 닻이 되어 이 세상
그 누구도 사랑 없인 열맬 맺을 수 없다며
늘 즐길만한 사랑의 고통으로 꽉 붙들어 매어주기
때문입니다.
-「나의 아내 · 2」 전문

바람으로 움직이는 배인 범선이 움직이려면 '돛'을
올려야 한다. 또한 배가 안전하게 부두에 정박하기
위해서는 '닻'을 내려야만 한다. 시적 화자는 자신의
반려자인 아내를 돛과 닻으로 비유하고 있다. 즉,
고단한 삶의 언저리에서 위로가 되고 힘이 되는 사
람은 바로 자신의 아내인 것이다. 아내의 사랑은 눈
에 보이지는 않지만, 어려운 고비를 이겨나가게 하
는 에너지로 작용하고 있는 것이다.
그런데 시적 화자는 시의 마지막 연에서 아내를 '닻'

으로 비유하고 있다. '덫'은 짐승을 꾀어 잡는 도구이기에, 주로 부정적인 뜻으로 사용되고 있다. 그런데 아내를 '덫'으로 표현한 것은 겉으로는 모순된 것 같지만, 그 표면적인 진술 너머에 진실이 드러나 있다. 이 '덫'이란 시어는 역설적인 수법이 동원된 시어이다. 아내가 늘 사랑으로 자신을 붙들어 매어주기 때문에 도리어 시적 화자가 행복하다는 긍정적인 시어인 것이다.

반려자는 가장 가까운 동지이자, 인생의 마지막 순간까지 지켜줄 사람이다. 시적 화자가 방황하고 흔들릴 때마다 꽉 잡아준 것은 사랑이 깃든 아내의 손이었던 것이다.

행복은 삶의 중요한 가치이자 기준이다. 이러한 행복은 특별한 상황을 의미하는 것이 아니며, 누구든지 이룰 수 있다. 행복의 비결은 우리가 하는 일을 어떻게 보느냐에 있다. 우리의 행복은 우리가 만들어나가는 마음의 습관에 달려 있는 것이다.

삶은 언제나 아름답고
행복은 바로 내 생활 속에 있는 데도

그저
먹고 살기 위해
꿈을 이루기 위해
스스로 만든 고뇌의 덫에 걸려

앞으로 나아가지도
뒤로 물러서지도 못한 채
근심 속에 갇혀 사는 이가 얼마나 많은가!

우리는
정작 행복하지 않아서가 아니라
행복을 발견하지 못해서
불행하다.

- 「행복론의 시 5」 일부

이 시를 읽고서, 문득 미국 작가 제임스 오펜하임의
말이 떠올랐다. '어리석은 사람은 행복을 먼 데서 찾는
다. 현명한 사람은 행복을 자신의 발밑에서 키운다'라는
말이 이 시와 오버랩이 되었다. 우리는 늘 행복을 먼
데서 찾기 때문에, 행복을 느끼지 못하고 살고 있다.

인생은 선택의 연속이다. 이 시의 4연에 '우리는/
정작 행복하지 않아서가 아니라/ 행복을 발견하지 못
해서/ 불행하다' 라는 구절이 가슴에 와 닿는다. 행복
은 우리의 선택에 달려있다는 것을 깨닫게 한다. 인생
의 어두운 면만을 보면 항상 우울할 것이며, 인생의
밝은 면만을 보면 항상 즐겁고 행복할 것이라는 것을.

4. 자연과 인생 그리고 교육의 탐구

인간은 태초부터 자연과 더불어 살아왔다. 그러기
에 말없는 자연은 오래 전부터 시의 소재로 자리하

고 있다.

　또한 항상 변수가 많은 인생도 시의 대상으로 자주 노래되고 있다. '예술은 그 시대를 반영한다.'라고도 한다. 다음에 소개된 시를 통해 정종석 시인의 자연과 인생을 대하는 태도와 사회상을 살펴보도록 하겠다.

　밤새껏
　배앓이하던 바다가
　불덩일 토해내자
　황금색 화살들이 온누리에 쏟아지고

　정전된
　아파트에 불 들어오듯
　스위치가 켜지며
　세상이 가동되고 있다*.
　날아가던
　새들도 새날의 아침이
　참말 좋다고
　목청껏 의성어들을 외쳐댄다.

　그제서야
　막 잠을 깬 파도들이
　내게 하얀 이를 드러내며
　달려든다.

- 「일출(日出)」 전문

---

* 「스위치가~있다」 이정하의 『옥계바다』에서

이 시는 언어로 그려진 일출 장면의 풍경화이다. 활기찬 새 아침을 여는 일출은 언제나 신비스럽고 장관이다. 이 시는 해가 뜨는 장면을 보고 느낀 체험을 형상화한 작품이다. 이 시의 특징은 사물을 의인화하여 저절로 생동감을 느끼게 하고 있다. 풍부한 상상력이 동원되어 시의 맛을 더해 주고 있다.

그대는
아무도 몰래

온 우주가 잠든
한밤중에

내 영혼의
나뭇가지 끝에서

두려움으로
피어나는 꽃이다.

- 「고독(孤獨)·2」 전문

사람은 혼자 있을 때, 외로움을 느끼는 괴로운 시간이거나 영혼이 자유롭게 활동할 수 있는 소중한 시간일 수도 있다.

자신이 어떻게 받아들이느냐에 따라 고독은 달라질 수 있다. 숙명적으로 시인은 고독한 공간에서 남다른 정신적 고뇌와 사색을 통해 독창적인 작업을 해야만 한다. 이렇게 어렵게 탄생한 시 작품이 독자와의 소통을 통해 꽃으로 피어난 것이다.

　다음에는 작가의 교육관과 제자 사랑이 표출된 시를 살펴보도록 하겠다. 교육이란 '사람으로 살아가기 위한 지식과 기술을 습득'하게 하는 일과 '사람으로 살아가면서 해야 할 일과 해서는 안 되는 일을 분별할 줄 아는 존재'로 키우는 것이다.

　전능하신 사랑의 주님!

　내 정신의 자녀들로 하여금
　공부란 이 세상에서 가장 존귀한
　자신의 미래를 준비하는 과정임을 알고
　누가 시키지 않아도
　스스로 하는 충격적인 아름다운
　모습을 보이게 하여 주소서!

　내 정신의 자녀들로 하여금
　학교란 오로지 시험 보며
　경쟁하기 위한 곳이 아닌,
　삶은 빛나는 선택의 연속이며
　자신의 행복 또한 빛나는 선택에서 오는 것이니
　자신이 좋아하고 잘하는 것을 택해
　자신들의 재능을 활짝 꽃피우는
　즐겁고 재미있는 배움 집이 되게 하여 주소서!
　　　　　　　 - 「어느 무명교사의 기도」 일부

　시적 화자는 교육이 희망이며, 억지로 시켜서 공

부하는 것보다 스스로 공부하며 마름다운 미래를 가꾸는 제자이기를 바라고 있다.

참교육이란 '사람을 사람답게 키우는 일'이다. 배움의 터전인 학교가 점수만을 높이 올리기 위한 경쟁의 공간보다는 함께 어울리면서 재능과 꿈을 키우는 즐거운 행복의 공간이기를 기도하고 있다.

언젠가
저만큼 시간의 바다 건너
희랍의 젊은이, 피그말리온(pygmalion)이
이 여인과 결혼할 거라고 꿈 꾸며
상아에 이상적인 여인상을
조각해
그의 꿈이
마침내 기적이 되어
두 손에 행복을 거머쥐었던 것처럼

행복은
그저 쉽게 두 손에 주어지는 것이 아니라
보다 밝은 빛의 미래를 위해
내 꿈을 끝까지 포기하지 않고
준비하며 노력하는 자에게 주어지는
고귀한 땀의 선물임을
제 정신의 자녀들이 기억하며 살게 해
주십시오.
　　　　　　　　　　　　　- 「꿈 · 5」 일부

시적화자는 사랑하는 제자들에게 피그말리온 효과

를 기대하고 있다. 아이들은 저마다의 빛깔과 향기가 있듯이, 서로 다른 꿈을 가지고 있다. 교사는 아이들에게 꿈을 이룰 수 있도록 도와주는 존재이다. 교사의 애정 어린 관심은 학생들에게 긍정적인 영향을 미친다.

꿈은 결코 쉽게 이루어지는 법이 없다. 꿈은 숱한 시련과 역경을 이기고 피는 꽃이다. 시적화자는 이러한 꿈을 중간에 포기하지 않고 끝까지 노력하여 이루기를 간절히 원하고 있다. 인간은 부르면 대답하는 존재이다. 교사는 학생을 늘 칭찬하고 학생은 교사의 기대에 부응하여 열심히 노력하는 모습이 진정 아름다운 교육이라고 할 수 있을 것이다.

5. 나가며

이상에서 정종석 시인의 두 번째 시집 『내 마음엔 잔잔한 기쁨의 강물이 흐릅니다』의 시세계를 다양하게 살펴보았다. 그의 시세계는 신앙인의 삶이 투영된 시와 아름다운 사랑과 행복이 담긴 시와 그리고 자연과 인생을 탐구하며 교육 사랑을 펼친 시로 크게 분류해 보았다.

정종석 시인은 늘 자신의 내면세계를 들여다보며, 아름답게 가꾸려고 노력하는 흔적이 작품마다 배어 있다. 특히 신앙인이자 교육자로서 흐트러짐 없이 살고자 하는 욕망이 강하게 표출된 작품들이 자주 눈에 띄었다.

시인은 이 시대를 살아가는 사람들에게 나침반이 자 등불과 같은 역할을 해야 된다는 점에서 응원의 박수를 보낸다.

다만 시의 묘미를 살리기 위해서는 시어의 선택에 있어서 더욱 신중하기를 권하고 싶다. 한자어보다는 순수한 고유어로, 사전적인 의미의 말보다는 함축적인 언어로 쓰면 훨씬 시의 맛이 나기 때문이다.

그동안 생생한 체험을 바탕으로 아름다운 영혼의 그릇에서 출산한 시 작품들이 독자와 호흡하며 시린 현실을 더욱 따뜻하게 할 것이라고 믿는다. 시는 플라시보 효과와 같은 심리치료의 효과를 지니고 있다. 희망을 불러일으키는 그의 시 작품을 읽고서 독자들의 마음에 위로가 되었으면 한다.

두 번째 시집의 출간을 진심으로 축하드리며, 그의 글에 묻어 있는 강렬한 인간의 향기가 온 누리에 퍼지어 뭉클한 감동을 선사할 것을 기대한다.